아픔이 너를 꽃피웠다

아픔이
너를
꽃피웠다

이승하 시집

문학사상

■ **일러두기**

이 도서는 시대의 흐름에 따라 2005년 6월 13일 초판 발행된 《인간의 마을에 밤이 온다》의 수록작을 대폭적으로 삭제·추가하여 새롭게 발행한 신장 개정판입니다.

시인의 말

바라보고만 있다가 다가가고자 했다.
살아 있는 것들을 내가 다가가 만졌을 때
반응을 한다는 것은 놀라운 일!
많은 우회로를 걸어 시로 돌아와
내 체온을 전했던 생명체들이여.
살아보겠다고 발버둥이치는 너희들에게
내가 해줄 수 있는 것은
누추하기 짝이 없는
노래 몇 곡조 목 쉬도록 부르는 일,
이 고약한 일뿐이로구나.

안성 땅 내리에서

이 승 하

차례

제2부

1

아픔이 너를 꽃피웠다

오죽했으면 죽음을 원했으랴
네 피고름 흘러내린 자리에서
꽃들 연이어 피어난다
네 가족 피눈물 흘러내린 자리에서
꽃들 진한 향기를 퍼뜨린다

조금만 더 아프면 오늘이 간단 말인가
조금만 더 참으면 내일이 온단 말인가
그 자리에서 네가 아픔 참고 있었기에
산 것들 저렇듯 낱낱이
진저리치게 아름다울 수 있는 것을.

찬양 아침

발작이 멎고…… 고비를 넘겼다

밤이 물러가는 것을 확인하고 싶어
창 열고 하늘의 끄트머리를 본다
한 뼘의 하늘이 파들파들 떨고 있다
일찍 일어난 새의 무리가
먼동을 어슬어슬 트게 한다

갈증 날 때 마시는 물처럼 차디찬 공기
환호하며 뜀박질하는 공기의 입자들
수억의 폐포를 낱낱이 일깨우며
생명이 생명인 것을 확인케 한다

머리맡에 있는 몇 송이 꽃

힘겨운 밤을 함께 넘기느라
고개 푹 수그리고 있다
돋을볕 들자 그대 두 눈 가득 고인 눈물과
이마 가득 돋아난 땀방울이 반짝인다

다시 시작할 수 있는 아침이다
너와 나의 머리 뒤로 놀빛이 번지는
이 경건한 아침을 위해
나 이제 기도할 수 있게 되었다
다시 살아난 것이다.

목숨
—요양원의 인호에게

저기 저기 저 들녘에
목숨 무더기 익을 때까지
하늘은
몇 됫박의 빛을 모아온 것일까
마지막 목숨까지
낱낱이 여물도록
태양은
몇 됫박의 빛을 뿌려온 것일까

피고름의 병실 한구석에
희미한 빛…… 네 눈의 희미한 빛
목숨 하나 끊어져
다른 많은 목숨
살아가게 할 수 있다면

네가 갖고 있는 그 질긴 목숨이여
한 됫박의 피를 토하고
단 한 번 죽어서
무수히 살아나야 한다

피눈물의 면회실 한구석에
가냘픈 손…… 네 손의 가녀린 기운
아무렴, 끈질기게 살아나
검게 멍든 저 하늘을 보며
두 팔 내뻗어야 한다
다시금 죽을 수 있어
찬연히 빛나는 날,
그날이 오기까지.

목숨들

방아쇠를 당긴 순간
흙먼지 일어난 땅 바로 옆에서
막 피어난 꽃이 있었을까
이라크의 나무여 오래 아팠기에
때맞추어 꽃피워낼 수 있구나

자살테러 폭탄이 폭발한 순간
굉음 속에서 울음 터뜨리며
막 태어난 아기가 있었을까
팔레스타인의 산모여 오래 참았기에
목숨 하나 탄생시킬 수 있구나

지뢰를 밟은 순간
폭음 속에서 비명 지르며

막 쓰러진 청춘이 있었을까
체첸의 젊은이여 오래 기다렸기에
목숨 그렇게 내버릴 수가 있구나.

가위눌림에 대한 기억

두려움에 사로잡혀 온몸을 떨며
소리 질렀지만 그대 입에서는
소리가 나오지 않는 것이었다

그대 자투리 잠 속에서
세상은 대낮인가 한밤인가
희망적인가 절망적인가
그대 가위눌린 잠 속에서
사지, 묶여 있는가 시방, 자유로운가

묶여 있는 것은 분명 아니다
억세게 누르는 힘으로부터 벗어나려고
사지를 허우적대며 버둥거려도
몸은 여전히 꽉 붙잡혀 있는 것이었다

팔을 봐 배를 봐 그대 피부는
푸르뎅뎅한가 불그죽죽한가
무거운 시간에 짓눌려 있다가 벌떡
벌떡 일어나서 목을 만져보면
아직 붙어 있는가…… 인질이여.

기도원의 아침 풍경

절벽에 세워진 집이다
먼동이 터 오는 시각
저 아래 저잣거리 아직 조용하기만 한데
이 방 저 마루 깨어 일어난 사람들이
목소리 높여 기도하기 시작한다
제각각의 기도 내용과 손짓

갓난아기를 먼 나라로 보내고 온 미혼모
돈 벌러 나갔다가 노모를 굶겨 죽인 남자
남편 몰래 바람피웠다 아기를 지운 여인
병명도 알 수 없는 불치의 병에 걸려 왔다
온전한 육신은 죄 뒤틀려 있다
멀쩡한 정신은 죄 뒤집혀 있다
모두모두 구명조끼를 입고 있는 사람들

활처럼 휘어진 몸으로 기도하고 있다
격렬하게 경련하며 기도하고 있다
뛰어내릴 수 없고
뒤로 물러설 수도 없는 이곳
인생의 절벽 아득한 끄트머리
아침밥도 먹지 않고 울면서
모두들 울면서 기도하고 있다.

그날, 들쳐업다, 그 사내

사내는 넋이 절반쯤 나가 있다
위로 토하고 밑으로 설사하고
껑충한 키, 들쳐업으니 휘~청
갈지자걸음이 된다
나는 아랫배가 안 나왔는데
사내는 복부 비만이다
나는 둔부에 살이라곤 없는데
사내는 엉덩이 살이 두둑하다
술살인가…… 일흔여덟……
살 만큼 사셨지

택시를 잡으러 가는데 업힌 사내
신음 소리 사이로 아이고, 이렇게 죽을랑갑다……
무게를 못 이겨 두 번 함께 거꾸러진다 그러나

지금 당장 택시를 잡아야 한다
응급실로 이 환자를 모셔가야 한다
오늘따라 잡히지 않는 택시
내 등판에 축 늘어진 노인네를 보고
빈 택시 두 대 쌩쌩 달아난다

사내는 쿨럭쿨럭 기침을 하기 시작한다
기침 소리 이상해지더니……
다시 속엣것을 올려놓는다 금방 축축해지는
어깨와 등, 나는 잠시 사내를 길바닥에 내려놓고
웃옷을 벗어 토사물을 털고 닦는다
길 한복판으로 달려가 두 손을 흔든다
"택시—! 울 아부지 다 죽어가요—!"
아버지는 나를 낳으시고 기르신…….

아파하면서 자라는 나무
—장애아동을 둔 어머니에게

아기 아기 얼뚱아기
잘도 웃고 잘도 우네
웃을 때는 까르르르
어른들이 따라 웃고
울 때는 응애응애
어른들도 울고 싶네

우지 우지 울지 말고
아망 아망 참지 마라
슬플 때는 슬퍼하고
아플 때는 아파하렴
노는 모습 어화둥둥 너무 예쁘고
자는 모습 둥기둥기 더욱 귀엽네

아기 아기 얼뚱아기
잘도 웃고 잘도 우네
투레질로 힘 기르고
시장질로 쑥쑥 커라
부라질로 일어서고
가동질로 걸어가라
눈자라기 우리 아기
물똥싸움 잘도 놀면
놀소리가 듣기 좋아
온 세상이 다 잠깨고
나비잠이 보기 좋아
온 세상이 다 잠드네.

* 얼뚱아기 : 둥둥 얼러주고 싶은 재롱스러운 아기.
우지 : 걸핏하면 우는 아이. 울보.
아망 : 아이들이 부리는 오기.
투레질 : 젖먹이 아이가 두 입술을 떨며 '투루루' 소리를 내는 짓.
시장질 : 어린애를 세워 두 손을 잡고 앞뒤로 밀었다 당겼다 하는 짓.
부라질 : 젖먹이의 두 겨드랑이를 껴서 붙잡고 좌우로 흔들며 두 다리를
　　　　번갈아 오르내리게 하는 짓.
가동질 : 어린애의 겨드랑이를 치켜들고 올렸다 내렸다 할 때, 아이가 다
　　　　리를 오그렸다 폈다 하는 짓.
눈자라기 : 아직 곧추 앉지 못하는 어린아이.
물똥싸움 : 손이나 발로 물을 서로 끼얹는 아이들의 물장난.
놀소리 : 젖먹이가 혼자 누워 놀면서 내는 군소리.
나비잠 : 갓난아이가 두 팔을 머리 위에 벌리고 자는 잠.

이상의 낱말은 모두 《민중 엣센스 국어사전》(민중서림, 1999년판)에서
찾은 것.

26

아들은 가렵다

아들이 긁고 있다 팔과 다리
목과 배에 피맺힌다 팔과 다리에 피맺힌다
아들의 손을 꼭 잡는다 잡고서 놓지 않는다
그만 좀 긁어 그만 좀 긁어라 애야
자다가도 긁고, 일어나면 긁기부터 한다
태어나자마자 만난 가려운 세상
가렵지 않은 세상에서 살아갈 수 있을까?

안 돼 밀가루로 만든 건 먹으면 안 돼
과자와 고기를 먹으면 더 심해지는 가려움증
앙상한 몰골로 과자와 고기만 먹으려 한다
햄버거 · 피자 가게를 지날 때마다 먹고 싶어
울상을 짓는다 고기와 달걀이 빠진 김밥
맛깔스러움과 즐거움이 빠진 김밥

소풍날 울먹이며 도시락을 받아 간다

벌겋게 된 피부가 햇살 아래서 일어난다
살비듬이 떨어져 나간다
미친 듯이 긁고 싶기만 한 세상
맺힌 피 줄줄 흘러내릴 때까지
가려워서 긁고 긁고 또 긁는 내 아들
문명의 튼튼한 몸이 덮친 아들의 피부.

짐승은 자고 난 흔적을 남긴다
—人乃天의 뜻

사람의 피부가 낡은 소파의 거죽 같다

가루 가루 흰 가루

아이가 자고 난 자리에 생의 흔적 남는다

잠자다 자기도 모르는 사이에 긁는

팔과 다리, 목과 얼굴에서 떨어져 나온

죽은 세포들…… 고엽제를 맞은 것 같은

신神도 가려움의 고통을 알까*

가려움을 못 이겨 여기서 자다 저기서 자다

2시에 깼었다 3시에 깼었다

밤새 집 안 곳곳을 뺑뺑이 돌면

어미는 부채 들고 따라다니며 존다

아이가 자면 그 옆에서 웅크리고 잔다

이 녀석아 짐승도 밤에는 잔단다

잠이 들어야지 좀 덜 긁지

아침 햇살이 깔깔 웃어대면
까만 색 소파에 인공 눈처럼 뿌려져 있는
가루 가루 흰 가루
손가락에 침 묻혀 모으다
사리라는 느낌이 들어 무릎 꿇는다
네 몸에 깃든 인내천의 뜻을 알 듯도 하다.

---

* 아토피성 피부염으로 인한 가려움의 고통.

늦은 귀가

도시에서는 모든 것이 맴돈다 전동차 2호선처럼
언제나 차량은 꼬리에 꼬리를 물고
길들은 하나같이 미로다 그 길이 그 길 같다
편의점이 아니어도 거리의 간판들이
다 낯익다 이 도시에서 나는 낡아가고 있다
버스를 기다리는 동안 배기가스를 내뿜으며
차들이 내 앞을 달려가도 허파는 아무렇지 않다

오랜만에 과음해 버렸다 나는 취기를 다스리려
지하철 역사 내 화장실로 가서 세수를 한다
머리가 많이 센 중년의 사내, 광대뼈가 도드라져
있다
내 발길은 미로 빠져나오는 법을 잘 안다
관성처럼 만유인력의 법칙처럼 세상의 모든 영혼은

자신의 집을 향해 방향키를 돌릴 줄 안다 자, 가자
그곳에 가야 내가 좋아하는 식은 밥이 있다
묵은 김치와, 아무도 가져갈 수 없는 베개가 있다
(베개가 달라지면 엎드려 자는 나는 잠을 영 못 이룬다)

가자, 많이 늦었다 아들은 잠을 자면서도
팔과 다리를, 목과 얼굴을 득득 긁고 있을 테고
아내는 컴퓨터 앞에 고슴도치처럼 도사리고 앉아
아토피성 피부염 관련 사이트를 뒤지며 푹푹
한숨을 내쉬고 있겠지 안주 없이 맥주를 마시다가
내가 들어가면 반드시 이 말을 할 것이다
많이 즐거우셨수? 당신 아들이 저 모양인데……

버스를 타고 가다 전동차로 환승하면

요금이 조금 감해진다는데 얼마인지는 모른다
오늘 이 전동차는 막차인가 불그레한 승객들
급하게 뛰어오고, 전동차 문이 스르르 닫히자 얼굴
마다
'행복'이 씌어진다 나도 이 도시에서의 나날을
행복해 해야만 한다 지하도 계단을 한참 올라가면
나타나는 길…… 가로등이 집까지 따라올 것이다.

너를 미치게 하는 것들 1
—현대판 조신調信*의 꿈

인간의 마을에서 살고 싶었다
집도 없고 절도 없던 그대, 아내를 만나
벽체를 이루고 지붕이 되어
비바람 막듯이 낙숫물 받듯이
체온 나누며 미움도 쌓으며
그렇게 한번 살아보고 싶었겠지

사랑의 가장 기본적인 단위는 돈인가
가족이 한 집에서 살 수 있게 하는
돈이 돈을 낳고 빚이 빚을 낳는다
대출금 납부 기한에 납부를 못하면?
카드 결제일에 결제를 못하면?
세금을 제때 내지 못하면?
연체가 누적되면?

점점 줄어드는 가계
날이면 날마다 조여드는 것들

그대 살아본 세상은
돈이 있어야 했다
가족이 흩어지지 않으려면
돈이 있어야 했다 돌아버리지 않으려면
아옹다옹 다투며 아득바득 부대끼며
체온을 나누며 음식을 나누며
살고 싶었으나

가족이여 우리[柵] 허물어진 가축들이여
그대 지금 미칠 도리밖에 없는…….

-----

*《삼국유사三國遺事》에 나오는 조신 설화의 주인공.

폭파되길 꿈꾸는 자의 노래

나 던져져, 땅에 떨어져,
폭파되길 꿈꾸는 폭탄의
한 개 파편이고 싶었다

서울의 골목마다 칼바람이 분다
로또복권을 산다 꽝이다
우량주를 산다 급락한다
우승 예상마를 골라 마권을 산다
과천 경마장에 우수수 낙엽이 진다

지하철을 타보면 모두 다 타인
종일을 타고, 걷고, 돌아다녀도
아는 사람은 보이지 않는다
안녕하십니까? 요즘 재미 좋아?

인사하고 싶어도 인사할 사람이 없는
무미건조한 도시 엄동설한의 도시

뜨거운 넋으로 살고 싶었다
주변인이 아닌 중심부의 사람으로
엑스트라가 아닌 주인공으로
초대받은 사람이 아닌 초대한 사람으로
폭파되길 끊임없이 꿈꾸는
폭탄이 될 수 없다면
산지사방 흩어지는
수많은 파편 중의 하나로라도

나는 불발탄
끝끝내 터지지 않고 그냥

타인과 함께 살아갈 뿐이다

칼바람 부는 이곳, 서울 바닥에서.

늦으면 깊어지리라

내 뜻이 너의 가슴에 가 닿기 위해서는
한 주일의 번민과 한나절의 망설임
썼다가 지운 다섯 장의 편지로도 모자랐다
스마트폰을 열 번도 더 들었다 놓았다……
이젠 그럴 필요 없다

빠르다
초음속비행기의 속도보다
정통파 투수의 공보다 빠르다
기다릴 수 없는 분과 초
눈 깜짝할 사이에 뜻이 전해지는 전송 속도여!

운암이 마조의 제자 지상을 찾아갔다.
지상은 운암을 보더니 갑자기 활시위를 당기는 시늉을

했다.

이에 질세라 운암은 칼을 빼 화살을 쳐내는 시늉을 했
다.

그러자 지상이 소리쳤다.

"너무 늦었어!"

하지만 운암도 물러서지 않았다.

"늦으면 깊은 법이지요."

이 소리에 지상이 껄껄 웃었다.

—박영규,《달마에서 경허까지》, 정신세계사, 1996,
199쪽.

늦은 봄 하늘의 구름이여

아침 산책길에 내가 밟은 달팽이여

줄을 쳐놓고 잠자듯 죽은 듯 기다리는 거미여

이 세상의 모든 느림보들아
빠르면 얕아지고 늦으면 깊어질까

빠르게 움직일 줄 몰라 느린 것과
느린 것이 좋아 느리게 사는 것들이 있으리
빠르게, 더 빠르게! 수많은 사람이
0.001초를 단축하려 땀 흘릴 때
운암과 지상이 껄껄껄 함께 웃는 소리 들린다.

정보에게

정보,
네가 나를 잘 안다고?
나는 너를 몰라
너를 꼭 알아야 할 필요가 없었으니까
어느 날부터 정보, 정보, 정보……
사람들은 정보에 대해 말한다
정보를 모르면 안 된다고
정보를 모르면 바보가 된다고
정보,
너는 도대체 무엇이냐
나는 너의 실체를 모르는데
나한테 와야 될 정보가 차단된다면
창살 없는 감옥에서 살게 된다고?
정보를 제때 파악치 못하다면

눈뜬장님처럼 살게 된다고?
정보를 놓친다면
사람도 아니라고?
정보,
네가 무섭기도 하고
존경스럽기도 하다
너는 나의 무엇이냐
나는 너의 무엇이냐.

손

—김사인金思寅 시인께

아직도 어둑새벽, 길은 보이지 않는다
곤한 잠에 빠진 나를 흔들어 깨우는 손
손 둘 곳 모르는 식구들 트럭에 올라 있다
얼어붙어 있다 쏘아보고 있다
양 손목 사슬의 끝
힘없고 배경 없으니 무슨 짓을 할까
무슨 짓인들 못 할까 사슬의 끝은 더미
언제나 빚이었다
돌아올 수 없게 된 고향
내 뛰놀던 골목길 시야에서 사라져
사라진 유년시절

어디엔들 정착하여 살고 싶지 않으랴
어린 날의 야반도주로 서울에 올라와

변두리로 다시 변두리로 더 변두리로
용두동 이문동 답십리 청학동 시흥 시절도
신월동 금호동 신림동 상계동 안양 시절도
빚지지 않고 살 수는 없었다 집 한 채 없이
가도 가도 눈앞에는 어둑새벽 치욕인 가난
새벽길에, 퇴근하는 공원들과 일 나가는 청소부들
새벽길에, 나란히 달리는 장의차와 구급차

그 어디엔들 고통 없는 곳이 있으랴
철없던 그 시절 연과 얼레 트럭에 싣지 못했지만
울지 말고 가자, 자꾸 뒤돌아본들
버린 고향, 버려진 유년
칭칭 옭아매는 연실의 끝 사슬의 끝
이 땅 어디에서 먹고살기 위하여

나는 이 손을 어디 두고 살아야 하는지
아침을 데려오려 사람들 나서는
이 한겨울 새벽길에.

혀

6학년이 1학년 혀 절단

'학교폭력' 심각 "돈내놓아라" 마구 때린뒤 부모에 못알리게

경기 포천경찰서는 7일 하급생에게 돈을 가져오지 않는다며 구타한 뒤 이를 부모에게 알리지 못하도록 혀를 자른 혐의(상해 등)로 곽아무개(13·○중1)군을 입건해 조사중이다.

경찰에 따르면 곽군은 ○초등학교 6학년이던 지난해 7월19일 오후 2시께 후배 임아무개(10·5년)군과 함께 같은 학교 1학년 이아무개(8)군을 학교 화장실로 끌고 간 뒤 "왜 돈을 가져오지 않느냐"며 주먹으로 마구때렸다.

곽군 등은 이어 강제로 이군의 혀를 잡아 당긴 뒤 "부모에게 알리면 죽이겠다"며 문구용 가위로 혀를 1㎝ 가량 자른 혐의를 받고 있다.

이군은 이후 보복이 두려워 포천읍 흥외과(원장 홍건식)에서 2차례의 수술을 받는 등 7개월여 동안 치료를 받아오면서도 이 사실을 숨겨오다 지난 4일 이를 안 어머니 장아무개(38)씨가 경찰에 신고해 이런 사실이 밝혀졌다.

이와 관련돼 이군을 치료한 홍건식 원장은 "수술 뒤 발다른 잠애는 없을 것으로 보이나 정신적인 충격은 클 것"이라고 밝혔다.

포천/권기식 기자

—《한겨레신문》 1996년 3월 8일자에서

혀가 돌아가지 않는다

가위로 혀를 자르는,
주먹으로 마구 때리는 정도로는 안 되겠기에
혀를 잡아당겨
문구용 가위로 자르는,
입 안 가득 피가 뿜어 나오는,

턱을 타고 줄줄 흘러내리는,
1cm 정도 잘려나간
혀 때문에
입 다물어야 하는 순간, 순간들
혀 놀릴 수 없는 시간, 시간들

아이가 본 세상이 온통
핏빛이라고 해서 내가
6학년 곽 아무개 아이의
1학년 이 아무개 아이에 대한 폭력을
뜯어말릴 수 없는 절망은
이미 절망도 그 무엇도 아니다
보이지 않는 그곳에서
가해자가 가위로 가하는 고통은

가히 고통도 무엇도 아니다

그런데 웬일인가
기, 기사를, 보, 본
그 수, 순간부터
혀, 혀가 자, 잘
도, 도, 돌아가지 않는다.

세 번의 만남

1. 신과 인간

지상을 암행 감찰하던 조화옹이여
이 장면 보고 웃으셨지요?
기저귀를 갈아주는 담배상 아버지와

먹고 싸는 것밖에 모르는 아기에게
웃으며 축복을 내리셨지요?

2. 가족과 사진사

저만큼 아름다운 풍경이
저 도시에 또 있으랴

가난한 아빠와 달아난(?) 엄마
온종일 아빠와 함께 있어야 될
어려도 아주 어린 아기

저토록 아름다운 풍경을
렌즈에 담았으니

세계여 이 사진만큼만
사랑스럽기를, 평화롭기를.

3. 사진사와 나

사진사 Walter Studer
그의 국적도 나이도 나는 모르네
언제 어디서 찍은 사진인지도 모르네

내가 아는 것은
사진 한 장이 주는 빛
가슴에 지핀 불빛이
오래 지속되리라는 것
지상에 빛을 보내준 태양과

이 사진을 찍은 그대에게
오래 감사하리라는 것

세상의 모든 갈등이 멈춘
아버지가 자식 기저귀 갈아주는 시간
조화옹이 미소 지으며
구경하고 있는 시간의 빛, 빛살,
빛나는 우주의 한 귀퉁이.

지긋지긋한 욕창

뒤척일 수 없는 그대 고인 몸
썩어가고 있다 짓물러진 저 거죽을
돌려 눕혀야 한다
돌아눕지 않는 세상

삼복더위인데 그대 몸
움직이지 않는 바위덩어리
엄동설한인데 그대 몸
움직일 수 없는 고목 밑둥치
누구라도 부축하여 지금 당장
돌려 눕혀야 한다

혼자 돌아누울 수 있는 자유
혼자 가려운 곳 긁을 수 있는 자유

그 어마어마한 자유가 없는 이곳에서
그대 천장 노려보며 이빨 꾹 깨물고서
참고 있구나…… 뼈가 갈리는 비명을.

어머니의 두통약 뇌신

오후의 햇살이 비쳐들면
세상은 졸음에 겨워 노랗게 되곤 했습니다
가게 한 귀퉁이에서 어린 저는 졸고
어머니 이맛살에는 깊은 골이 파였습니다
누가 그렇게 괭이질을 하고 있었던 것일까요

손가락으로 관자놀이를 누르고 누르고
나중에는 손등으로 이마를 때리고 때립니다
처음에는 하루에 한 포 나중에는 하루에 다섯 포
머릿속에 거머리가 기어 다니는 것 같구나
약의 양이 느는 동안 어머니는 늙어갔습니다
노란 셀로판지 하늘 붉은색으로 바뀌면
어머니는 마침내 저를 깨우고
저는 약국에 가 뇌신*을 사오곤 했습니다

한 사발 물과 함께 이맛살이 펑펑해지면
어머니는 가게 문을 닫고 집으로 향했습니다

약에 취해 비틀비틀 걸어가시면서
아이고, 머리가 안 아프니 살 것 같다
아들 보며 희미하게 웃으시는 어머니
어느 날은 뇌신 한 포 몰래 먹어봤더니
세상이 금방 노랗게 변하는 것이었습니다

어머니 곁에서 오래오래 잠들고 싶었을 따름이었
지요.

---

* 내 어린 날의 두통약으로 '뇌신'과 '명랑'이 유명하였다. 흔히 '노신'으로
불린 이 약은 내성이 강해 점점 더 많이 먹어야 효과가 나타났다.

늙은 어머니의 발톱을 깎아드리며

작은 발을 쥐고 발톱 깎아드린다
일흔다섯 해 전에 불었던 된바람은
내 어머니의 첫 울음소리 기억하리라
이웃집에서도 들었다는 뜨거운 울음소리

이 발로 아장아장
걸음마를 한 적이 있었단 말인가
이 발로 폴짝폴짝
고무줄놀이를 한 적이 있었단 말인가
뼈마디를 덮은 살가죽
쪼글쪼글하기가 가뭄못자리 같다
굳은살이 덮인 발바닥
딱딱하기가 거북이 등 같다

발톱 깎을 힘이 없는
늙은 어머니의 발톱을 깎아드린다
가만히 계셔요 어머니
잘못하면 다쳐요
어느 날부터 말을 잃어버린 어머니
고개를 끄덕이다 내 머리카락을 만진다
나 역시 말을 잃고 가만히 있으니
한쪽 팔로 내 머리를 감싸 안는다

맞닿은 창문이
온몸 흔들며 몸부림치는 날
어머니에게 안기어
일흔다섯 해 동안의 된바람 소리 듣는다.

난파일지

위험수위는 간밤에 이미 넘어섰어
요란한 사이렌 소리 잠든 시간을 흔들어 깨워
이 도시의 상당 부분이 물에 잠기게 된 날
땅은 온통 물 천지 하늘은 몽땅 암흑 천지로구나
수시로 소름 돋게 하는 천둥과 번개

고향을 잊고 살았지…… 벽 속에서
친구 만나지 않은 지도 오래되었지
하늘 아래 천둥벌거숭이
살아온 것일까 내 무엇을 바라
죽어온 것일까 내 무엇 때문에
이제 그만 아무 데나 정박하고 싶어

줄기차게 비, 비는 퍼붓고

떠내려오는 사람들, 차량들
물 위에 떠 어디론가 가면
하류의 어느 언덕에 가 닿을까
먼바다까지 속절없이 떠내려갈까

나 이 도시를 떠다니는 한 척 유령선
집도 절도 없으니
마음 붙일 곳 찾지 못했으니
떠다닐 수밖에 없구나
수많은 산 사람과
더 많은 죽은 사람들 사이에서

이제는 닻 내리고 싶다
뭍에 안기어 다디단 잠

꿈 없는 잠 한번 자보았으면…….

빼앗긴 시간
— 일본군 위안부 황옥임 할머니의 영결식을 보고

거칠게, 더욱 거칠게 다루어다오
나는 그때 이후 64년 세월을
이판사판의 삶만 살아왔다

왜놈들이 몸을 더럽혀
아들딸도 못 낳게 된 내가
무엇에 의지해 살아왔는지를 아느냐

악에 받쳐 살다가 악몽만 꾸다가
아픈 몸 끝내는 병만 남아
광주군 나눔의 집을 거쳐
중계동 노인복지관까지 왔으니
함부로, 더욱 함부로 말하여다오

관심을 표하는 너희들의 말
온정이 담긴 너희들의 말
내 아직껏 들어본 적 없으므로

아픔이 어린 나를 어른으로 만들었고
설움이 젊은 나를 늙은이 되게 했으나
나는 그날을 잊지 못해 이 악물고 살아왔고
억지로, 억지로 살아왔다

그러니 너희들은 나를
지금처럼은 말고
그때처럼 거칠게
사뭇 거칠게 다루어다오.

마지막 포옹
— 이산가족 상봉 장면을 보고

용서한다고 말하지 않겠소
내 다만 조용히 다가가
그대 부둥켜안고
등 몇 번 두드려주겠소

떨고 있는 거요
내 가슴으로 전해져 오는 그대 아픔
참 많이 아팠다면 더 아파하소
울고 있는 거요
참 많이 슬펐다면 더 슬퍼하소
우리 같은 하늘을 쳐다보며 이제껏
보고 싶은 마음만으로 살아오지 않았소
기나긴 세월에 엇갈려간 것들
그것들의 생김새가

뭐 그리 중요하겠소
그것들의 차림새가
뭐 그리 대단하겠소

사랑한다고 말하지 않겠소
내 다만 조용히 다가가
그대를 껴안고 있겠소
잠시라도…… 으스러지도록.

45년은 바다이다

백만 년만큼이나 상상이 가지 않는 시간
45년
걷고 걷고 또 걷다보면
길 끝이 보이는 것이 세상의 이치인데
갈 수 없는 길 저쪽
중풍 걸린 환자라면 기어서 갈
다리 저는 장애인이라면 목발 짚고서 갈
철조망 저 너머에 있는 땅
감방 벽 저 너머에 있는 길

"네가 선명이냐" 회한의 눈물
45년 기다림 끝 90대 노모—70대 아들 25분간 짧은 만남

내가 써온 모든

무력한 말들이 경련하고 있다
지금껏 숨어 있던 말
마침내 숨 거두는 말
지금도 숨차게 달리는 말, 말씀
국가보안법의 말씀이 살아 있다
살아서 호령하고 있다
"저놈을 잡아 가둬야겠군."
"물고문부터 시작하지."
"없었던 일로 해두자구."

"어머니, 저 선명이에요."
"어…, 네가 선명이냐."
"저 알아보시겠어요?"
"그럼, 내가 왜 널 몰라."

그 순간 김선명(70)씨는 90대 노모의 뺨에 얼굴을
대고 한동안 흐느껴 울었다. 45년 만의 만남이었다.

말 듣는 말
말 안 듣는 말
말들이 제멋대로 구르고 있다
말을 갖다 붙이지 말라고 해라
말이 나오지 않게 해라
내 무력한 시어詩語를 향해 질주해 오는
내 얇은 귀청을 향해 질타해 오는
45년 만에 나눈 말

김씨는 지난달 15일 대전교도소에서 44년간의 옥
고를 치르고 나오면서 가장 먼저 "어머니가 보고 싶다"

고 말했었다.

"아버지 제사는 지내세요?"

"안 지낸다."

"왜 안 지내요, 이제 제가 왔으니 지내야죠. 묘는 어디다 쓰셨어요?"

"모른다. 그들이 끌고 가서 어떻게 했는지 모르겠다."

모자의 대화는 잠시 끊어졌다.

45년이 바다임을 말해 주기 위해
어머니, 살아 있어야 했고
아들, 살아남아야 했구나.

---

* 고딕체는 《한겨레신문》 1995년 9월 1일자에서 가져온 것.

방을 닦고 나서 별을 보다

걸레를 빨아와 방을 닦는다

내 머리카락과 음모, 몸의 일부였을 살비듬
먼지도 티끌도 만들어지기까지는 긴 역사
먼 조상의 유전정보까지도 지니고 있으리

일미진중함시방 一微塵中含十方*

너도 나도 먼 조상도
별들의 흥망성쇠와 관계가 있을까
나라가 세워지고 흥하고 쇠하듯이

별들이 초롱초롱 눈뜨는 밤이다

걸레로 닦아낸 먼지 속에 별이 있다
내가 있고 아내가 있고 자식이 있다
하나둘 모여 함께 있으면 전체가 되리

천체가 되리 우리는 지구의 일부 우주의 일부.

---

* 의상義湘의 《법성게法性偈》에 나오는 말. "작은 한 먼지 속에 우주가 들어
있다"는 뜻.

모세와 구급차

저승행 급행열차다 요란하게
차선도 순서도 신호등도 무시하고
눈을 번뜩이며 저돌적으로, 저승사자같이

구급차 속에 산소호흡기 쓰고 누워 있는 이의
심장 박동은 신음처럼
차츰 희미해져 가고 있을까

소생할 것인가 소진할 것인가
함께 탄 구급대원도 구급차 운전자도
시간과 생명의 시작과 끝은 모를 일

모세가 소리치자 홍해가 갈라졌듯
화난 음향이 차들 사이에 길을 낸다

悲報 悲報 제발 살아나라 vivo vivo

　저승 문턱에서 쭈르륵 미끄러져 이승으로 낙하할
지
　의사도 신도 판단할 수 없겠지만, 목숨이 걸려 있
다
　마구잡이다 인정사정 안 보고 치달리고 있다.

지구에서 숨쉬는 일
— 중환자실 면회기

말하는 법을 잊어버린 그대여
폐기종肺氣腫으로 입원한 병원 중환자실에서
들이쉬고 내쉬는 일을 기계가 해주니
살아 있어도 산 것이 아니로다
의식과 숟갈을 함께 놓은 지 벌써 일주일째

촌각과 촌각 바로 그 사이에서
정자와 난자가 기적적으로 만나고
살아 있는 자의 생사가 엇갈린다
그대 옆에 누운 환자는 온몸을 펄럭이며
마지막 호흡을 하고 있다 오열하는 식구들

바로 그 옆에는

나무토막과도 같은 식물인간이
벌써 두 달째 감감 무소식
손가락 하나 움직일 수 없는 것은
쓰러졌을 때 10여분 늦게 발견되었다는 것이 이유
의 전부?

사람의 운명이 호흡지간에 있는데
남은 날들을 어찌 헤아릴 수 있으랴
사람이 쌓아 올린 시간의 바벨탑 뒤로
별똥별이 또 하나 긴 사선을 그으며
지구의 품으로 파고들다가
죽는다

생명법

가령 그대가
영안실 앞에 줄지어 선 조화弔花라면
고개 떨구고 슬퍼하겠는가
울음 간신히 참겠는가

우리 언제쯤 서로 어색한 이 자리를 떠나
화장터에서 산 자와 죽은 자로 만나려나
납골당에서 번호 붙여져 만나려나
길고 긴 세월의 힘을 믿었지만
빨리 늙고 금방 죽게 되어 있는
뭇 생명체의 운명을 알기에
살아 있는 날들을 귀히 여겨야 하리

같은 시간에, 같은 공간에서 살아가는

어딘가는 아픈 그대
오늘 이렇게 상복 입고서 깨달은 것은
저 영정사진의 얼굴이
세상에서 제일 편안하다는 것
아주 편안한 곳으로 가서
잔잔히 웃고 있는 저 모습이 부러울 뿐

내일 아침이면 이 방도 비워지고
저승의 방 한 칸이 채워질 것을
성한 꽃들은 이곳에 오게 되겠지만
우리들의 시간은 늘 '벌써'
'아직'으로 산 적이 없었다

있다

내 어머니가 아버지를 만나기 전에 나는 없었다
공空이 아닌 무無, 아무것도 아닌

태어나기 전엔 하나의 원소도 아니었다
세상의 안에도 바깥에도 없었다
태어났으므로 때 되어 죽음이 찾아오면
원소로 남게 될 것이다 영원히

늦은 시각 전동열차
내 맞은편에 앉은 저 사내
스마트폰을 보고 있다 술도 좀 마신 듯 얼굴이 붉
다
지금 우주의 한 지점을 차지하고 있다는 점에서
그는 나와 다를 바 없다

가서 얘기 몇 마디라도 나누며 인연 만들고 싶지만
스마트폰 보며 미소 짓고 있으니 불가능한 일
이렇게 동시대를 살면서도 아무 만남 없이
아무 인연 없이 살다가 각자 숨 거둘 테고 지금은
지하철 승객으로 마주앉아 숨쉬고 있다

같은 시간 같은 공간에 있다는 것의 오묘함이여
거의 매일 같은 시간에 타지만 사람들 다 다른 신
기함이여
출발지점이야 다 어느 여인의 자궁이었지만
우리는 목적지가 다르다

앞으로 영영 만날 일 없겠지만
나는 지금 그대를 보며, '있다'

저 목련 봉오리

내가 외출하고 없는 줄 알았던 것이다
목욕하고 욕실 문을 열고 나오는 어머니
목련이 한쪽에만 피어 있는
한쪽은 사라지고 없는, 시커먼 동굴 같은……
머리 닦던 수건으로 얼른 양 가슴 가렸지만

초등학교에 들어가서도 만지고 싶어 했던 어머니
의 젖가슴
이 세상 어디에도 없는 그 매끈함, 그 부드러움, 그
향기
봉긋 솟아오른 목련 봉오리 같던……

수의 갖춰 입고 잠든 모습
화장터 불길 속으로 들어갔다 나오니

한쪽 가슴마저 없어졌다
남은 것은 두 눈 뻥 뚫린 해골바가지 한 개와
대칭을 이룬 팔다리뼈, 갈비뼈와 골반뼈
눈이 부신 저 백목련 꽃잎들
피부 빛깔보다 하얀 뼈, 뼈의 꽃송이, 뼈의 눈송이

아이고, 승하야! 니 집에 있었나?
당황하여 방으로 황급히 들어가며
눈을 살짝 흘기는데
아름답다 세상 모든 어머니들의 가슴은

수술 후 많이 야위었지만, 머리 더 세었지만
양 볼이 홍조를 띠었다 잘 익은 사과 같았다
맥주 한 잔 드셨을 때의 바로 그 얼굴

분쇄기로 빻아서 건네주는 항아리 하나에 담긴 생
애

어머니 젖가슴을 만질 수 없는 이 딱딱한 세상.

진혼곡

십자가에 아들이 매달려
손등에 쾅쾅 못질을 당할 때
발목에 쾅쾅 못질을 당할 때
흘러내리던 피 어미의 가슴을 적셨으리

울고 또 울어
더 이상 눈물 나오지 않을 때쯤에
아들은 고개 푹 수그리고
숨을 거두었다 죽은 것이다

자기 아들의 시체를 거두어본
세상의 모든 어머니는 알 것이다
하늘이 노래지는 아픔을
땅이 꺼지는 슬픔을

부활하셨다고 막달라 마리아가 전해주었다
그게 정말이냐 내 아들이 다시 살아났단 말이냐
닷새를 기다려도 시체 못 찾았다고
진도 앞바다가 운다 팽목항이 운다

오늘은 부활절, 날씨가 이렇게 좋다
저 많은 목숨떨기 어디 뿌릴 수도 없구나
어디로 갔는지 고기밥이 되었는지
기적이 끝내 이뤄지지 않은 오늘은 부활절 날.

열 번의 죄와 백 번의 용서
—정호승 시인께

서울에서 살면서
별을 보는 날이 있습니다 아주 드문 일
별이 집에까지 따라오면서 말해줍니다
용서하라 그를 용서하라고
밤하늘의 저 푸른 좌표는
당신의 원수도
하늘나라에서 만나게 된다고 말해줍니다

서울에서 살면서
낮달을 보는 날이 있습니다 꽤 잦은 일
달이 회사에까지 따라오면서 말해줍니다
잊어버려라 그를 잊고 살라고
대낮의 저 창백한 달이
원수한테는 남들이 벌준다고

당신은 그저 용서하면 된다고 말해줍니다

목숨도 하나요 삶도 일회인데
왜 우리는 용서 못하는 고통에 짓눌려
몸을 떨고 이를 뽀득뽀득 가는 것일까요
눈이 충혈되고 머리가 지끈지끈 아픈 것일까요
"아버지, 저 사람들을 용서하여 주십시오!
저들은 자기들이 하는 일을 모르고 있습니다."
용서했기에 마음의 천국에 간 이가 있었는데.

멍

그대 목덜미와 손등에 남아 있는
푸른곰팡이 같은 멍을 보았네
파스가 가리지 못한 멍은
매맞던 시간을 반추하고 있을까
멍이 대신해
그대 아팠었다고 말해주고 있네
그대 아무 말 없이
차창 밖 한강 풍경을 보고 있지만

검붉게 노을지는 한강을
넋 놓고 보던 그대 눈망울에
서서히 맺히는 물기를 보았네
몰래, 그러나 유심히 보니 멍의 색깔은
거무튀튀하다 아니, 푸르죽죽하다

매맞은 아내들의 멍이
저 하늘을 푸르죽죽하게 멍들게 해
하늘이 저리 찡그리고 있나

아팠기에 밤은 해를 토해냈으리
아팠기에 바다는 해일로 솟구치기도 했으리
아팠기에 사람은 야광충처럼 빛나는
멍의 색깔을 기억하며 산다
멍든 여인아
그대 피부에 입김을 호- 호- 불어주고 싶지만
마음마저 멍들까봐 몰래, 그러나 유심히
훔쳐보고만 있네 저 목덜미, 손등의 푸르른 자국.

2

불모지에서

간힌 바다
통증으로 울부짖는 아침 바다에
선혈 같은 노을이 번지고 있다

자식새끼 데리고 와 맨발로
선재도 구름마을 앞 너른 갯벌을
한번 거닐어보라 새끼조개들
숨쉬지 못해 죽어가고 있다

썩은 진흙
아스팔트처럼 단단해져 가는
갯벌에 청춘 묻은 사람들이 있다
조개들의 거대한 무덤

한때는 어머니 젖가슴 같았던 갯벌
유방암 수술 실패 뒤에
고름 질질 흘리고 있다…… 지금.

기쁨의 간조에서 슬픔의 만조까지
—최성각 형께

갯벌은 서서히 등껍질을 드러내면서
살아 움직이는 것이었다 어버이들의 일터
바다는 침묵을 거두고서 뭐가 그리 즐거운지
헛기침하다 너털웃음 웃다 소리도 내지르고
사람을 사람답게 살게 하는 기쁨의 간조에는

……매끈예쁜얼굴갯지렁이, 모자예쁜얼굴갯지렁
이,
벌레요정갯지렁이, 띠대나무갯지렁이, 빛꽃갯지
렁이
작은갈매기고리갯지렁이, 작은부채발갯지렁
이……

가지각색 지렁이를 키운 6천 년 세월*

만경강과 동진강의 하구 새만금 갯벌에
봄가을이면 찾아오는 수천 수만 마리
도요새와 물떼새의 난리법석 울음소리
들을 날 이제 정말 얼마 남지 않은 것일까

질퍽질퍽한 개흙에 숨 불어 넣으며
씨억씨억하게 살아가는 것들의 이름을
내 전부 기억할 수는 없을지라도
태어났으니 살아보려는 것들의 몸부림을
더불어 아주 오래 지켜보고 싶었을 따름.

---

* 서해 갯벌은 6천 년 전에 형성되었다.

간월도 어리굴젓

좋지 저 갯벌 간월도
어리굴젓 맛이야 매콤 짭짤 씁쌀
딴 반찬이야 필요도 없지
자, 어리굴젓에 소주 한 잔 곁들여
쭈욱 마시고 잔을 주게
얼큰해져 바라보면
좋았지 저 갯벌
생명이 찾아들어 새끼를 낳고
생명이 분해되어 자연으로 돌아가던
간월도는 이제 섬이 아닐세
천수만 간척 공사로
육지로 변한 간월도
천수만 갯마을에
간척지 공장들이 들어서

자연에서 난 것
자연으로 못 돌아간다니
다만 묵묵히
조금씩 조금씩 죽어갈
그 자유를 잃었다니
우리 한번 이 갯벌에 와
어리굴젓 그 매콤 짭짤 쌉쌀한 놈을
안주 삼아 한잔하는 것도
좋지 않겠냐?
얼마 나지도 않게 된
어리굴젓 그 맛이야
여간만 매콤 짭짤 쌉쌀해야지
그 맛 이제 찾는 사람도 별로 없으니
물고기 잡으며 부르던 배치기 소리며

물고기 세며 부르던 바디질 소리
어디 간들 들을 수 없을걸
간월도 어리굴젓
어디 간들 매콤 짭짤 씁쌀한
그 맛, 볼 수가 없을걸.

쇄빙선의 마음을 따라

눈뜨면 시야는 늘 끝이 없는
가슴 치감는 원시림 같은 바다
얼어붙은 바다 깨뜨리며 나아가면
극지의 바람은 늘 곱절의 아픔을
가져다주곤 했다 아픈 것은
종의 마지막을 기다리는 동식물만이 아니다
내가 버린 빙하기의 시간과
태양의 재림을 기다리는 원대한 바다

잠이 안 오면 오로라를 봐야지
멀리서 보면 참 아름다운 지구
다가가서 보면? 한번 살아보면?
불모의 도시에서 우리는 태웠다
기름을, 플라스틱을, 스티로폼을

뭇 동식물을, 살아 있는 모든 것을
대륙의 저쪽에서는 다시 불길 번져
또 하나의 원시림이 사라지고

좀처럼 계절이 바뀌지 않는 이곳에
낯선 밤이 오면 항해일지를 덮으리라
영하 20도의 이 바다 밑에서도
산 것들이 숨쉬고 있으리니
나는 다시 시작하는 세기의 벽두에
산소마스크 따위는 쓰지 않고
아파도 가는 쇄빙선의 마음을 따라
다만 앞으로, 조금씩 나아가고 싶다.

황지에 와서 토하다

불알 두 쪽 달랑거리며 물장구쳤었는데
언제부터 시름시름 앓기 시작한 것일까
"낙동강洛東江 천삼백리千三百里 예서부터 시작되다"
황지못 근처 낙동강 발원 표석에서
강의 지병은 시작된 것일까

황지의 달이 파르르 떨고 있다
석포리 아연공장과 폐기물 처리장
굴뚝의 검은 연기 하늘에 금 그을 때
폐광의 갱 출수 강바닥을 하얗게 채색할 때
철 성분 강바닥을 붉게 물들일 때
미 공군 전투기 폭격 연습을 할 때

모든 욕망이 예서 발원하는구나

물고기 종적 감춘 황지의 입 틀어막고
높다랗게 세워진 밤의 카지노 옆
폐석 더미가 고대 유적 같다
시가지 곳곳에 괴물처럼 서 있는 타워크레인
누구의 입을 또 시멘트로 봉할 것인지

모든 슬픔이 예서 발원하는구나
붉은머리오목눈이, 노란턱뫼새, 매비둘기
텃새들이 터전 잃은 이곳 황지 근처
흑부리오리, 고방오리, 흰쭉지, 저어새
겨울 철새들은 더 이상 머물 수 없으리

누군가의 눈물이 모여 저 강 이루리
돈 잃은 자들 술 퍼마시고 돈 상태에서

거리 곳곳에 게워낸 토사물
강으로 스며들면 또 우리가 마실 테고
불알 달랑거리며 물장구쳤던 강의 발원지
황지.

저문 들녘에서 부르는 노래
―시흥갯벌에 서다

소금 나르던 외발 손수레
버려져 녹슬고 있는 시흥갯벌
낡은 소금 창고들 뒤로 펼쳐진
하얀 염전은 언제부턴가 폐염전이다

바다로 가보자 아버지의 바다로 가는 길에
저녁노을보다 붉게 타는 저 염생식물들
비쑥, 돌콩, 나문재, 칠면초, 퉁퉁마디,
갯잔디, 갯질경이, 갯개미취, 갯는쟁이……
악착같이 시흥갯벌 지키고 있는데

어머니의 바닷가에는 지금도
게, 방게, 농게, 펄털콩게, 빨간큰엄지발게……
매립의 날짜 따윈 모르고 있으리라

대단위 택지와 해양 관광단지의 청사진을

월곶 인터체인지 쪽으로 고개 돌리면
지평선 멀리 열중쉬어 자세로 서 있는 철탑들
흙먼지 일으키는 바닷바람은 아직도 짠데
마구 휘청거리는 갈대와 모새달
바람 불수록 더 곧게 자라고 있다.

날아라, 종種의 마지막 새 한 쌍이여
—마지막 크낙새* 한 쌍을 위하여

무수히 살아 있어 하늘을 수놓았던
새가 운다 끼이약 끼이약
무수히 날아 하늘을 푸르게 했던
종의 마지막 새 한 쌍이 울어
이 땅에 또다시 봄이 왔으나

너희들 봄 오면
움트는 가지에 앉아
그리운 짝이 있음 마냥 그리워하고
노래하고 싶을 땐 맘껏 노래하고
울고 싶을 땐 목 놓아 울어
산을 산이게 하고
숲을 숲이게 하더니

마지막 남은 크낙새 한 쌍
너마저 사라지면
바람이 잠시 호흡 멈추리
하늘이 잠시 눈물 흘리리
너 작은 두 마리 새여
겨울 다 갔다고
뭇 생명체들을 향해
몸으로 알리더니

몸으로
그 작은 목숨으로
날개 힘껏 퍼드덕거리더니
클락 콜락 클락 콜락 울기도 하더니
조금씩 어두워져 가는

저 하늘에다 대고
이렇게 살아 있다고
목청껏 노래 부르기도 하더니

아직 살아 있을 한 쌍의 새여
아직은 하늘이 푸르다고
내가 살아 있기에
저렇게 하늘이 푸르다고 알려라
울며불며 알려라
종의 마지막 새 한 쌍과
최후의 인간이여.

* 크낙새는 천연기념물 197호로 우리나라에서만 서식하는 세계적인 희
귀조이다. 조류전문가 경희대 윤무부 교수는 몇 년 전에 이런 말을 했다.
"설악산 1000m 높이의 봉우리에서 크낙새 한 쌍을 확인했는데 그 구체
적인 장소는 밝힐 수 없습니다. 북한에 몇 마리가 있다고 하지만 확인된
것은 한 마리도 없어 설악산에 사는 한 쌍이 지구상의 마지막 크낙새일
수도 있습니다."

산불
—나무에게

죽어도 떠날 수 없는 땅이 있어서 너는
타오르면서도 하늘을 우러르고 있구나

비바람이 몰아치면 비바람에 몸 맡기고
눈보라가 퍼부으면 눈꽃 활짝 피우며
너는 거기서 몇 천 날을 그렇게
태양에 의지하여 살아왔느냐

철 따라 멀리 가는 새 쉬어가게 하고
철 따라 찾아오는 새 집 지어 살게 하고
생명이면서 생명의 둥지일 수 있는 너는
작은 벌레들 먹여주고 재워주고
제법 큰 곤충들 노래 부르게 하고 짝짓게 하고

이 산 이 많은 아름드리나무들이
일제히 타오르고 있는
빛나는 날의 죽음이여 주검인 채로 너는
얼마나 오래 땅을 깨물고 있을 것이냐

고요히 서서, 썩어가는 자들.

닭을 잡던 날

1

김천 장날 장닭을 사 오신 아버지
어머니는 마당 한쪽 구석 솥에다
물을 팔팔 끓이기 시작했고요
아버지는 꼬끼오— *꼬꼬댁꼬꼬댁*
난리 치는 닭의 몸통을 잡고
도마 위에 눕혔습니다 이미 날을 갈아둔 칼
내려치자 피가 마당에 팍— 튀었습니다

누이와 저는 겁에 질려 떨면서
빨리 저 닭이 솥에 들어가
식탁에 오르기만을 기다렸습니다

칼을 두 번 세 번 내려치자
도마를 시뻘겋게 물들이며 머리통이
마당에 굴렀습니다 깃털이 날리고
닭은 날개를 더욱 세게 푸드덕거리고
아 어쩜 저런 일이!
목 잘린 닭 몸통이 아버지 손에서 용케 빠져나와
비실비실 달아나다
마당 한구석에서 픽 꼬꾸라졌을 때

누이는 으앙— 울음을 터뜨리고
아버지가 쫓아가 닭다리를 잡고 오시는데
마당에 피가 뚝! 뚝! 떨어지는 것이었습니다.

2

저것들이 도대체 몇 마리입니까
텔레비전 화면을 가득 메운
닭 닭 닭의 천지 닭의 지옥
멀쩡하게 살아 있는 저 많은 닭들이
치킨 집에 간 사람들의 입이 아닌
커다란 구덩이 속으로 들어가고 있습니다

사람을 위해 억지로 태어난 것들
죽어야 제 값을 하는 것들 위로
흙을 좌르륵 쏟아 붓는 포클레인
대량살육을 위해 한꺼번에 태어났다
한꺼번에 죽어가는군요

꼬꼬댁꼬꼬댁 울고불고 난리를 치며
푸드득푸드득 하늘 향해 날개를 치며
닭 닭 닭들이 산 채로……
도대체 저것들이 몇 마리입니까.

문명 혐오자에게

문명이라는 괴물과 홀로 싸운 이여
그대 이름은 유나바머*
미국 몬태나 주 블랙푸트 강 부근 오두막에서
가족 없이 숨어 살았다지
전기도 전화도 수도도 없이
몰래 폭탄을 만들어
컴퓨터 공학도와 유전 공학도에게 부치면서
생각했을 테지 신에게 도전하는
마땅히 죽어야 할 인간들

내 저들을 폭사시켜서라도
공장들을 파괴해서라도
기술서적을 불태워서라도
과학의 발전을 중단시켜야 한다

문명의 발달을 가로막아야 한다며
폭탄을 만들었던 그대…… 미치광이라면
그대 미치게 한 과학과 기술,
문명도 재판에 회부해 보아야 했으리

인간이 만든 빛나는 두개골
컴퓨터가 죄를 진 것일까
인간이 뜯어고친 유전의 법칙
생명공학이 벌 받을 짓을 한 것일까
물어보아야 했으리
불특정 다수를 죽일 권리가
그대한테 부여되어 있었느냐고
신을 대신해 인간을 심판할 권리가
그대한테 부여되어 있었느냐고.

* 유나바머unabomber : 얼굴 없는 범죄자라는 뜻으로, 18년간 16차례나 우편물 폭탄 테러를 저질러 26명을 살상한 버클리대 수학과 교수 출신의 테오도르 카진스키의 별명. 16세에 하버드대학에 입학한 수재였으나 과학 문명에 극도의 혐오감을 느껴 폭발물을 대학과 항공사에 보내는 과정에서 《뉴욕 타임즈》와 《워싱턴 포스트》에 장문의 '반문명 선언문'을 기고하였다.

나는 러시안 마라토너

나는 달린다

돈벌이를 위해 먹고살기 위해 직업을 얻기 위해

무서운 연습 무서운 추위 무서운 감독님

일그러진 얼굴로

가쁘게 숨 몰아쉬며

달리는 먼 길

달려도 먼 길

한겨울의 마라톤 연습

1월의 그 추운 새벽에

깜깜한 거리로 뛰쳐나갈 때

아니, 내가 지금 무엇을 하는 건가

내가 왜 이런 바보짓을 하는 건가

하루 평균 최소한 30km

금요일의 오전과 오후는 25km씩

1년에 달려야 하는 거리

지구의 4분지 1

나는 지금 달린다

내 발이 몸의 일부 같지가 않다

마의 25km 지점을 넘어서면

갑자기 어두컴컴해지기도 하는

맑고 푸른 하늘

갑자기 노래지기도 하는

온통 붉은 노을

가쁘게 숨 몰아쉬며

나는 달린다 귀가

떨어져나갈 듯한 통증

욱신거리는 온몸…… 아버지!

범죄자도 행려병자도 아니었건만

당신은 지금
모스크바 시체 안치소에 계십니다
썩을 수 없으신 몸

장례비 비싸 냉대받는 "시체„

장례비를 벌어야 해
장례비를 마련하기 위해
나는 지금 달린다
시체들이 쌓여 있는 시체 안치소에서
아버지를 꺼내기 위해

썩지 않고 있는 냉동실에서
아버지를 꺼내기 위해
아버지를 썩히기 위해

러시아, 안치소마다 시체 포화상태
월수입 8만원에 장례식은 28만원

나는 아버지가 물려주신
튼튼한 심장
튼튼한 두 다리로
마라톤 평원을 달린 전사
필리피데스처럼 달린다

"우리가 이겼다!"
이 한마디를 하고 그는 죽었다지만
나는 기필코 우승해 외쳐야 한다
"내가 이겼다!
아버지를 이제 꺼낼 수 있다!
아버지의 시신을 이제 썩게 할 수 있다!"

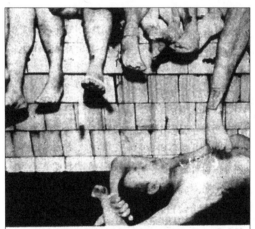

◆모스크바 시체안치소에 쌓여 있는 시체들. 장례비용이 없어서 한달 이상 방치된 시체들도 많다.

---

* 3분되어 있는 신문기사의 제목과 사진은 1995년 1월 26일자 《스포츠서울》에서 전재. 원래 일본의 시사주간지 《포커스》에 실렸던 것.

호스피스 병동의 밤

회복 불가능한 말기 암 환자의 외침이
옆방에서 들려온다 모르핀을 놔줘
아예 날 죽여줘

죽을 목숨들이 끈질기게 살아가는
여기 호스피스 병동에서
사지가 멀쩡한 것은 수치羞恥다
줄어드는 링거 병을 바라보며
꺼져가는 삶의 불씨들을 바라보며
남들의 남은 목숨을 헤아리면
내 마지막 모습을 떠올리게 된다

새벽이 오기 전에 꼭 한 번은 경련하는 별
죽음을, 어떻게 살고자 해야 하는가

삶이란, 쉴 사이 없이
남의 죽음을 지켜보는 과정

밤의 의미를 되새기며 죽어가는 별이 있다고 하여
누가 그 무수한 별의 아픔을
나눌 수 있으랴
대신할 수 있으랴
아프니까 아프다고 호소하는 사람을
아프니까 죽여달라고 애원하는 사람들

한번 지독하게 아파 본 사람은 알리라
새벽 동이 트기까지가
얼마나 가파른 길인가를
그 희미한 빛이

얼마나 가슴 벅찬 메시지인가를
여기서 생명 연장의 꿈은 부질없는 것

하반신이 마비된 어느 별은 아무 말 없이
버틸 때까지 버틴다
소원은 단 하나
집에서,
죽고,
싶다는 것.

침묵의 거리

'그'는 그날 그 자리에 있었다
요란한 브레이크 소리 단말마의 비명
눈여겨본 차 번호판 4613
뺑소니를 놓는 차, 뒤꽁무니

……인간의 마을에 밤이 온다

한순간에 한 사람이 사라져
하나뿐인 소우주가 폭발하였다
'그'는 틀림없이 그 자리에 있었다
지구상 유일한 목격자로서

……복음은 다시 들려오지 않는다

'그'는 보았다 슬픔과 기쁨을 다루던
주름진 호두 모양의 뇌
거리를 붉게 물들인 뇌척수액
깨어 있던 인간의 기계 깨지고 말아

……잠언과 묵시가 사라진 지구
다음 날 아침 아스팔트 위에는
핏자국과 흰 스프레이 자국
며칠 후 그 거리에는 '목격자를 찾습니다'
플래카드 외롭게 펄럭이고 색 바래고

……침묵이 세상을 암흑에 휩싸이게 한다

'그'는 지금 어디서 무엇을 하고 있을까

외로운 신은 얼마나 가슴아파하고 있을까
침묵이 흐르는 21세기 벽두의 거리
대형 전광판이 빛을 쏘아 보내는 휘황한 거리

……그는 나다.

수술대 위에 놓인 돼지

넌 식용이 아냐 산소호흡기가 물려 있어
돼지로 태어나 멀쩡하게 살아왔으나
네 목숨 이제 파리 목숨이지
난 널 병들게 할 거야
피를 뽑고 약물을 투여하고
마취제를 놓고 메스를 들이댈 거야

여기는 동물 수술실
문에는 '실험동물 학대금지' 문구가 붙어 있고
네 온몸엔 몇 개의 고무호스가 연결되어 있어
체온, 산소포화도, 맥박, 혈압……
이런 것들의 상태를 체크할 수 있는
모니터링 장비가 연결되어 있고
몸통은 멸균된 수술포로 덮여 있지

마취가 끝나면 메스를 들지
네 심장이 몸에서 떨어져 나와
밝은 조명 아래 있으니…… 보기 좋군
피범벅의 심장을 수술대 위에 놓고
펄떡펄떡 심장을 수술대 위에 놓고
실험할 거야 인간의 심장 치료를 위한 실험을
성공할 때까지 몇 마리를 죽여서라도

네가 죽으면
또 다른 돼지가 네 역할을 해줄 테지만
난 널 당분간 죽이지 않겠어
넌 이제 질환돼지야 이제부터는
빨리 회복되느냐 늦게 회복되느냐가 문제다
빨리 회복되지 않아 아프면 맘껏 울어

금방 울지 않게 해줄 테니

오늘 저녁엔 꼭 삼겹살 안주를 놓고
소주를 한잔할 거야.

나는 죽어서 말한다

나는 죽었다 죽어서 말한다
나 이렇게 살다가
나 이렇게 죽었다고
내 변사체는 증언하고 있다

내 몸은 말하고 있다
흉기의 종류를, 가해의 방향을
사강*의 시간을, 시반**의 정도를
죽기 전 무엇을 먹고
무슨 짓을 하고 돌아다녔는지를

형사는 내 몸이 피 줄줄 흘리며
쓰러져 있는 현장을 점검하고
내 알몸을 사진 촬영하고

소지품에 묻은 지문을 채취하고
컴퓨터로 신원을 조회하고
유족을 수배한다

검사는 검시조서를 작성한다
……사체의 키는 170cm
두발의 일부는 부패로 인해 빠져 있고
하의는 검정 바지에 상의는 흰색 셔츠
물이 불어 사체는 약간 뚱뚱하게 보이고
좌측 상박 안쪽에 폭 1cm 정도 되는
피하출혈의 흔적이 있는 반점이 3개 발견……
이상을 종합해 볼 때 변사자는
40대 중반의 중산층임을 인정할 수 있으며
사후 약 15일 정도 경과한 것으로 추정됨

군살 별로 없는 몸매는
하나의 핏덩이, 한 점의 근육덩이
살아서 입었던 값비싼 옷은
하나의 천, 하나의 걸레쪽
성형 수술한 얼굴을 일그러뜨리고서
나는 말한다 이제야 비로소

말하지 않는 주검은 없다
나 그 모양으로 살다
나 이 꼴로 죽었지만, 말하리라
죽음을 통해 이루어지는 것
죽음을 통해 이어지는 것
그 기이하게 빛나는 것을.

* 사강死剛 : 죽은 후에 근육이 굳어지는 현상.
** 시반屍班 : 죽은 지 몇 시간 후 피부에 생기는 자색의 반점.

안락한 죽음

병실에서 눈뜨는 그대의 새벽은
아프다는 말과 함께 시작되곤 하지
이를 악물어도 너무 아파서
영원한 잠을 원하고 있네
고통 없는 세상이 천국일까
약물로 날 죽여주거나
치료라도 중단해 달라고 그대 외치네

하나뿐인 생명 갖고
나 흥정하고 싶지는 않네
아, 저렇게 몇 개의 관을 꽂고
목숨을 자꾸자꾸 연장해야 할까
그대 한사코 죽여달라고 애원하고
의사는 오늘도 정량의 모르핀을

그대 혈관에 넣어야 하네

나 역시 언젠가는 목숨 버리겠지만
내 손으로 그대 목숨 거두어야 하나
은사죽음으로 내버려두어야 하나
그대 가슴 오르내리는 이 병실에서
십계명 중 하나를 생각하다가
자비로운 살해 방법을 꿈꾸다가
침대 모서리에 머리 박고 잠들고 마네.

3월 말일의 해부 실습

태어난 날은 다 달랐을 것이다
포르말린 탱크 속에 잠겨 있기까지
살아온 날의 수도 다 달랐을 것이다
열두 구의 시체는
영등포역 일대에서 죽은 행려병자들
수습할 보호자 없는
땅 아래 묻어줄 이 없는 생면목生面目*들

그냥 두면 썩어갈 시체를
실습대 위에 눕힌다
대충 목욕을 시키고
뻣뻣한 머리털과 턱수염을 깎는다
팔 들고 겨드랑이 털을,
성기 들고 음모를 깎는다

위를 보고 누운 한 다스의 실체

피하지방을 벗겨나간다
점점이 피부에 박혀 있는 실핏줄들
주름진 뺨과 처진 눈두덩을 벗겼을 때
퀭한 해골의 눈이
메스 든 나를 째려보는 듯
……형씨, 내 가슴도 활짝 펼쳐주오
이윽고 내장이 드러난다
한평생 밥을 소화시켰을 위와
반평생 술을 다스렸을 간

3월 말일의 해부 실습 시간
포르말린 냄새에 뒤섞이는 피와 살 냄새

학점이 걸려 있다

해부학 책과 대조하며

신체 각 부위를 들고 불빛에 비춰보며

각 부위의 상태를 노트하며

그러나 코에 대고 킁킁 냄새는 맡지 못하겠다

한평생 밥과 술을 찾았을 하얀 뇌와

어여쁜 이성 앞에서 뛰었을 붉은 심장

"일단 가서 식사를 하고 오도록!"

손 씻고 가운 벗어놓고

구내식당으로 향한다

교정엔 꽃들이 다투어 피고 있다

지금 살아서 숨쉬는 저 꽃들은

지는 날이 언제인지 모를 것이다

지는 그 순간까지 고통 없이
지는 그 순간에도 망상 없이

오는 식목일에는 교정에
나무라도 한 그루 심어야겠다.

---

* 생면목 : 처음으로 대하는 얼굴.

길동무 삼아서
—임영조 시인을 땅에 묻던 날

"한 삽씩 떠 넣게."
흙 한 삽 떠 관 위에다 던진다
흙더미 속에서 고개 내민
노란 민들레 꽃잎이
눈 시리게 한다

한날 한시에 나도
같이 떠날 수 없는
먼 여행길이 있는 곳이
이 이승인지라
한날 한시에 나지 않아도
같이 떠나야 하는
먼 여행길이 있는 곳이
저 저승인지라

민들레도 생명인지라
같이 땅속에 묻히려 하는가

길동무 삼아 함께 가려고
날짜 맞춰 숨 거두었나*
나비 두 마리 어울려 노니는
봄 동산에 와 하늘을 본다
낮달 걸려 있는 하늘가로
제트기가 남긴 기나긴 선

밤에 이 언덕에 와 하늘을 보면
쌕쌕 내쉬는 달과 별의 숨소리
도란도란 말 건네는 달과 별의 말소리도
들을 수 있겠다.

피라미와 피라미드

살아 있는 것들은 다
살려고 애쓴다 조금이라도 더 살아보려고
몇 달 내리 가뭄이 들어도 피라미
강바닥에 머리 박고 버틴다
한 달 내내 비가 퍼부어도 피라미
나무뿌리가 땅을 움켜쥐고 버티듯

어린 날의 놀이터 감천甘川 냇가에서
내가 잡았던 수많은 피라미
잡았다 놓친 그중 몇 마리는
눈 깜짝할 사이에 사라지면서
나를 비웃었을까 내게 고마움을 느끼며
얼씨구 살았다 하며 달아났을까

죽어가면서도 영원히 살고 싶었던 왕들
죽어서도 영원히 누리고 싶었던 왕들
피라미 같은 인간을 채찍질하며 세운
사막의 무덤들이 하늘을 찌른다
생명 연장의 꿈을 키우는 동안
얼마나 많은 피라미가 죽었을까
그림자가 너무 길다 태양신의 나라
시간의 봉분을 높다랗게 올린
수많은 피라미의 노역과 죽음을
상기해야 하리 저 무모하게 거대한
피라미의 피라미드들 앞에서.

한강을 건너며

오늘도 한강을 건넌다
자정을 향해 달리는 시각
별 하나 보이는 않는다
전동차 차창 밖 차량의 불빛은
또 하나의 휘황한 물결을 이루고
먼 곳에서 희번덕거리는
몇 개의 광고전광판
보는 이가 있건 없건
윙크하며 춤춘다 흐르는 자본

흐르는 강물에 몸 던져
죽는 사람들이 있다고 한다
근심 흐르고 흘러 한강
시름 깊고 깊어져 한강

이 강을 못 건너
죽은 사람들이 있었다고 한다
하나뿐인 목숨 부지하기 위해
한강철교에 매달렸던 사람들
지금은 거의 다 돌아가시고 없겠지만

앉을 자리 없는 심야의 전동차
강 이쪽에서 사랑한 사람들
사람한테 상처받은 사람들
종일 노동한 사람들 싣고 가
강 저쪽에서 잠들게 하려고
오늘도 내 정든 전동차는
달린다 휴식할 수 있는 곳을 향해
멍들어 부풀어오른 몸

서울의 저 거무튀튀한 젖줄 위를.

가로등 아래 서서

　나는 밤을 알고 밤은 나를 안다네 집으로 오는 긴
언덕길에 나와서 나를 기다리는 가로등은 내 오랜 친
구라네 나 밤늦게 귀가할 때 그들을 위해 노래 부르
지 밤이니까 낮은 목소리로 말이야 라이 라이 라이
라이 라이 라이 노래 부르면 두려움 금방 사라지고,
이 도시가 나를 포근히 안아주는 느낌이 드네

　잔뜩 취한 어느 날이었지 집에 가서 토해야지 토해
야지 마음먹고서 걸음을 빨리 했지만, 아아, 가로등
아래 위장에 들어 있던 모든 것을…… 거리는 내 온
갖 배설물까지도 받아주네 비 내리는 귀가 길의 노상
방뇨도 가로등은 혀를 차며 내려다볼 뿐 눈감아주지

　내 사는 동네에서는 밤이면 십자가들이 길을 인도

하네 자 때가 왔으니 일어나 가자고 밤이 말하면, 나
는 두말 않고 일어난다네 교회당 꼭대기마다 병원 응
급실 꼭대기마다 불 밝히고 있는 십자가…… 참회의
길로 회복의 길로 나를 인도하는 십자가들의 도시

　십자가들을 보며 나 이 도시의 밤길을 아무 두려움
없이 걷는다네 전에는 어두운 골목길에서 여자의 비
명이 들린 적도 있었지만…… 치안이 치한을 이 도시
에서 몰아냈지 밤이여, 잠자기 다 틀렸으니 나와 애
기나 하자 도시의 밤, 너는 꼬리가 아주 길지 않니.

서울에서 밤 다스리기

귀가를 왜 서두는 거요
서울의 모든 거리 빙판이 된 날
지하철은 아비규환의 지옥
빼곡한 버스는 거북이걸음의 연옥
빈 택시라도 잡으려다간
삼십 분 이상 추위에 떨 거요

이 도시의 생리를 난 잘 알지
언제 멘스를 하고 언제 입덧을 하는지
때로 미친 척하고 때로 오리발을 내미는
얄미운 도시 대한민국의 수도에서 나는
천 번이 넘는 밤을 보냈던 거야
백 번이 넘게 술을 마셨던 거야

나(경기도민)와 서울사람들은
이웃사촌일까 땅을 사도 배 아프지 않은 사이?
두 다리 걸치면 다 알 만한 사이?
취해서 걷다 어깨를 부딪치면
미안합니다 죄송합니다 인사가 꽤 정답다
백년지객 같은 저 네온사인들

도심을 걸을 땐 붕붕 나는 기분이 들어
분주한 발걸음으로 돌아다니지 이 거리를
락 음악을 듣듯이 즐기지 이 소음을
시끌벅적 아득바득 살아가는 동시대인들
모든 만남은 비극적인 운명인가 한바탕 희극인가
이 거대한 도시에서 만나고 헤어진 그대들이여
장의차에 실리게 될 그대들이여 나여.

너를 미치게 하는 것들 2

한 대학생이 자신이 운영하는 게임 관련 홈페이지에 아래의 글을 올려놓고 자살했다.

"줄넘기나 해야지. 어, 줄에 걸렸네. 아파라. 그냥 이대로 있어도 괜찮겠지……. 지금 나야 처자식도 없고 레벨도 낮으니까

별달리 왜 사는지 모르겠다면, 또 자신을 바꿀 힘이 없다면 이런 게임 관두면 되는 거잖아."

1

인터넷 세상은 하나의 우주
쇼핑, 게임, 영화관람, 은행업무……
네 모든 생활 인터넷으로 시작되고
E-메일, 채팅, 메신저, 컴색……

타인과의 모든 커뮤니케이션 인터넷으로 이뤄진
다
요람에서 무덤까지, 안방에서 화장실까지.

2

날이 밝았다
화면에 불이 들어오면 세상은
게임의 천국 혹은 게임의 지옥
죽고 죽이고, 피하고 싸우고, 때리고 도망치고
아, 이 정글에서는
지느냐 이기느냐 그것뿐
죽느냐 죽이느냐 그것뿐.

3

레벨을 높여야 한다
업그레이드를 시켜야 한다
새로운 정보를 알고 있어야 한다
아바타를 더 멋지게 꾸며놓아야 한다
불법적인 아이템 거래를 해서라도
남의 아이템을 강탈해서라도
학교를 가지 않고서라도
밤을 꼬박 새워서라도.

4

인터넷 세상에서

미친 혼들이 떠돌고 있다
나는 미치지 않았다고 외치고 다니는
프로 게이머들의 아류
우리 모두 자 다시, 게임을 하자
이 세상에는 다행히도 신이 없다.

두개골 채집

땅에 묻을 수 없었나 저 시체들
죽음까지의 자초지종을 밝혀주지 않고
참 많이도 쌓여 있다
매장도 화장도 안 한 저 시체들
크고 작은 두개골, 뼈다귀들
왜 여기 산더미처럼 쌓여 있나

백주 대낮에 시체를 긁어모은다
시체 썩는 냄새 들판을 가득 메운다
시간이 무자비하게 흐르면
애써 기억하려는 사람도 없을 것이다
자살 차량 폭탄 적재 공격 사건 빈발
이념이 다르면 무조건! 다! 죽였다!
집단 자살과 집단 학살의 날들

자살 테러와 무차별 학살의 날들

미치지 않은 저 태양
왜 매일 떠오르나 매일 떠올라
인간의 등짝을 뜨겁게 달구고
장난감 총인 양 장난감 칼인 양
아이들은 뼈를 갖고 논다
해골바가지 수집하는 동안 어른이 된다.

오사마 빈 라덴을 찾아다니는
미군 병사의 넋두리

박쥐 같은 녀석 어디 숨어 있는 거야. 눈만 뜨면 바람과 모래, 햇살과 바위……. 이 뜨겁고 건조한 나라가 너무 지겹다. 모든 것이 말라붙어 있는 나라 아프가니스탄 토라보라의 동굴을 벌써 몇 개째 뒤진 거지? 이미 죽은 것이 아닐까? B-52 폭격기로 그렇게 맹렬히 퍼부어댔으니 죽었을지도 모르지. 지난 주말에는 알 카에다 지도부가 숨어 있는 곳으로 의심되는 동굴에다 6800kg짜리 데이지커터 폭탄을 떨어뜨렸으니까 말야. 그 폭탄은 반경 600m 안의 모든 것을 파괴해 버리지. 그럼 시체 쪼가리가 빈 라덴의 것인지 누구의 것인지 알 게 뭐람. 아냐, 쉽게 죽을 놈이 아니지. 죽었다면 벌써 알려졌을 게고, 곧바로 철수명령이 떨어졌겠지. 여기까지 와서 죽은 전우는 세계의 평화를 위해 죽은 것인가, 5천 명 영령을 위해 따

라 죽은 것인가. 그것도 아님 개죽음? 그건 내 알 바
아니고……. 그나저나 목은 또 바짝바짝 마르고 배도
고파오는군. 왜 우리는 이렇게 수시로 남의 땅에 와
서 싸움질을 하는 거지. 왜 꼭 이렇게 지지리 못사는
나라에 와서…….

땅에서 나서 하늘로 간다

지구는 자그마하다 그러나
랑무스*로 가는 길은 멀기만 하다
대대로 초원에서 양 떼와 야크를 키운
유목민의 자손들 스스로를 방목하며
세상의 이법에 길들지 않았다

연기를 피우자 구름이 길 비킨다
이윽고 날개를 펴는 독수리 떼
라마승 몇이 독경을 시작한다
시신을 실은 말이 천장天葬 터에 오자
독수리 떼 하늘을 까맣게 덮는다

죽으면 영혼은 저 독수리를 타고
가없는 하늘 끝 저승으로 가는가

거기서 머물다 독수리로 다시 오는가
처녀의 배를 가르고 장기를 꺼내
독수리에게 던지자 한바탕 싸움이다

시신의 팔과 다리를 칼로 자르자
독수리들 좋아서 난리법석이다
두개골을 도끼로 부수어 짬파**와 함께
독수리에게 던지니 흔적도 없다
시신을 칼질한 라마승들 아무 말 없다

그러려니, 무심한 하루가 또 가니
사원의 종은 멀리 울려 퍼진다
태어남과 죽음은 가장 자연스러운 것
자연 회귀, 흔적 안 남은 초원에

그러려니, 양떼와 야크 무심코 풀 뜯는다.

---

* 랑무스 : 티베트인들이 사는 중국 간쑤甘肅성 남서부 지역.
** 짬파 : 볶은 보릿가루.

먼 아프리카

얼마만큼 멀까 아프리카 동북부 수단
다르푸르 지역에 인간의 시체가 무더기로
썩고 있다 하늘로 올라간 악취가
독수리를 떼로 불러들이고 있다
시체 묻어줄 이 아무도 없지만
먹어줄 너희들이 있어 다행이로다
들판에 하나 가득 성찬이로다

⋯⋯아프리카 수단 정부의 지원을 받는 아랍계 민
병대 잔자위드의 잔악 행위가 세계를 경악시키고 있
다⋯⋯ 12세 소녀를 10일 동안 끌고 다니며 성폭행
하는가 하면, 도망치지 못하게 다리를 부러뜨리고 임
산부와 8세 어린이까지 강간했다⋯⋯ 다르푸르에서
는 현재 3만~5만 명이 사망했으며 100만~120만

명의 난민이 발생했다고 국제앰네스티는 전했다······*

멀고 먼 대륙 아프리카는
하늘색이 다를까 풀빛이 다를까
사람이 사람의 마을 불 질러 순식간에 없애고
군인이 민간인 시체 우물에 던져 겹겹이 쌓인다
아프니까 먼 아프리카
반군反軍의 자식으로 태어난 죄로 지금
너희들의 까만 살이 끊임없이 타고 있구나
까만 넋은 하늘 까마득히 올라가고 있고······.

---

* 《동아일보》 2004년 7월 30일 A12면 '수단 민병대 학살 만행··· 생지옥
따로 없다' 제목의 기사에서 발췌.

어떤 유서
—잔 에뷰테른*의 말

이젠 정말 아무것도 두렵지가 않네요
달콤한 잠 한번 자보았음 좋겠어요
영광은 비참함 뒤에 오는 것이라고
속악俗惡과 지고至高는 함께 가는 것이라고
말하지들 말아주세요
우리는 모두 밤의 질서 속에서 태어나
낮의 혼란 가운데 죽어가지요

딱 한 차례의 개인전
피를 토하면서 그린 그림들이
풍기 문란이라고 철거 명령을 받아
단 한 점도 팔리지 않았죠
그게 운명이라 그이가 다시 피 토할 때
내가 할 수 있었던 유일한 일은

몽파르나스의 잿빛 포도鋪道를 달려
술을 사오는 것

쾌락의 지옥이여
너와도 이제는 결별이구나
악마는 나에게 와 키스해다오
그리고 뱃속의 아기야
너와도 이제는 이별이란다
너는 엄마 얼굴도 보지 못하고
흉측한 빚더미의 이 세상을 향해
한번 울어보지도 못하고 죽겠구나

"이따리아! 까—라 이따리아!"**
오오, 신이시여

악마도 당신을 믿지 않았습니까
그러니 내게 돌려주소서
사랑했던 그 사람을
사랑이란
밤의 욕망을 충족시키는 것이 아니라
아침으로 난 길을 가르쳐주는 과정이 아닙니까
더운 영혼으로 그것을 배워가는 과정이 아닙니까

불 없는 아틀리에에서
굳은 빵도 떨어진 식탁에서 그이는
그림을 그렸지요
마시고 싶다, 저 햇빛을
마시게 해달라고 외치면서 화폭에다
핏빛 생명을 토했지요

안고 싶다, 저 태양을

그리운 남국의 태양을 한 번만 더

안게 해달라고 외치면서 말입니다.

---

* 잔 에뷔테른 : 모딜리아니가 서른다섯의 나이로 죽은 다음날, 임신한
몸으로 양친이 살던 집 6층에서 뛰어내려 자살한 그의 아내.
** 모딜리아니가 죽기 직전에 남긴 말. '까—라'는 '그리운'이란 뜻. 모딜
리아니는 이탈리아 토스카나 지방의 항구도시 리보르노에서 태어나 스
물한 살 때 파리로 간 이후 늘 이탈리아를 그리워했다.

지렁이 괴롭히기

지렁이가 기어간다 비 온 뒤의 거리를
기어서 기어서 어디까지 가려는가
캄캄한 땅속에서 축축한 땅속에서
몇 달을 살다 나온 저 환형環形의 생명체
기어서 기어서 어디까지 가려는가

자전거를 타고 쌩쌩 달린 어느 날
어어, 지렁이가…… 한순간에
바퀴가 지렁이를 반으로 가른다
둘로 나뉜 지렁이가 야단났다
사람이라면 '떼굴떼굴'이 맞겠지만
너한테는 '요동'도 '몸부림'도 맞지 않다
두 몸을 휘감고 굴리고…… 난리가 났다

어린 날, 비가 오면 마당에서
지렁이가 몇 마리씩 기어 다니곤 했다
저 징그러운 놈들을 괴롭혀주자
재미로 몸 위에 소금을 뿌리면
온몸으로, 미친 듯이 춤추는 지렁이의
아아 그 열렬한 몸짓이라니
그 처절한 발광이라니

내 필생의 화두는
'고통의 뜻을 알자'는 것
지렁이처럼 기어가는, 짓밟히는
소금을 처바르고 몸부림치는
그놈들의 고통을 생각하면서……
그러므로 내 시는 이래서는 안 되는 것!

작품해설

순백한 고통의 언어

홍용희(문학평론가·경희사이버대 교수)

고통의 시 세계

이승하의 시 세계는 고통의 기록물이다. 그의 시
에 등장하는 인물들에게 삶이란 고통을 견디는 과정
이다. "조금만 더 아프면 오늘이 간단 말인가/조금
만 더 참으면 내일이 온단 말인가"(《아픔이 너를 꽃피웠
다》). 그러나 오늘이 가고 내일이 온다고 해서 세상의
고통이 소멸되는 것은 아니다. 고통은 현재는 물론이
고 과거나 미래에도 지속적으로 살아 있는 세계의 핵
심적인 질료이며 구성체다. 세상사에서 질병·전쟁·
폭력·노환·장애·궁핍 등이 없었던 시대가 한시라도
있었던가. 우리의 과거 기억 속 공간, 그 중심부에는

언제나 고통의 흔적이 비석처럼 놓여 있다. 그러나 고통이 아무리 일상 속의 친숙한 대상이라고 해도 그 아픔과 비극성이 약화되거나 무감각해지는 것은 아니다. 고통은 항상 초월적이거나 추상적인 대상이 아니라 너무도 생생한 감각적 실재이다.

이승하는 이러한 고통의 일상을 산문체의 직서直敍형으로 묘사하고 있다. 그리하여 그가 노래하는 일상의 "난파일지"(〈난파일지〉)는 매우 구체적이고 사실적이다. 그는 순백한 직서형의 화법을 통해 고통의 추상화와 과잉 감정의 노출을 통어하면서 동시에 체험적 사실성을 높이고 있다.

다음 시편은 고통을 강요하는 세상의 존재 원리를 보여준다.

인간의 마을에서 살고 싶었다
집도 없고 절도 없던 그대, 아내를 만나
벽체를 이루고 지붕이 되어
비바람 막듯이 낙숫물 받듯이
체온 나누며 미움도 쌓으며

그렇게 한번 살아보고 싶었겠지

(중 략)

돈이 있어야 했다 돌아버리지 않으려면

아옹다옹 다투며 아득바득 부대끼며

체온을 나누며 음식을 나누며

살고 싶었으나

가족이여 우리[柵] 허물어진 가축들이여

그대 지금 미칠 도리밖에 없는······.

                      ―〈너를 미치게 하는 것들 1〉 부분

  삼국유사가 들려주는 조신 설화의 현대판 패러디
이다. 두루 알 듯이 조신 설화란 승려였던 조신이 스
스로 갈망하던 속세에서의 사랑과 삶을 꿈 속에서 경
험한 이후 느끼는 소회가 중심 화소이다. 조신이 꿈
에서 깬 이후 자각한 속세의 삶이란 고해의 난바다
이다. 그래서 그는 꿈에서 깨는 순간 깊은 안도의 숨

을 쉰다. 위의 시편 역시 세상사는 "미칠 도리밖에 없는" 곳이다. 세상은 끊임없이 돈을 요구한다. 세상이 요구하는 돈을 잠시라도 지불하지 않으면 가족 구성원은 "가축" 같은 존재로 전락하고 만다. "체온을 나누며 음식을 나누며" 살기 위한 최소한의 환경을 구가하기에도 실로 녹록지 않다. 그래서 세상은 수시로 "미칠 도리밖에 없는" 궁지로 몰아넣는다. "가축"과 같은 삶으로 추락하지 않기 위해서는 노동의 굴레에서 잠시도 벗어날 수 없다. 실로 세상은 고해苦海에 다름 아니다.

일상을 잠식하는 질병과 욕망의 소묘

세상에서 살아가는 것 자체가 이미 고해의 난바다를 헤쳐나가는 일이지만 여기에서 더 나아가 질병 또한 수시로 우리의 일상 속에 깊숙이 침투해 들어온다.

사람의 피부가 낡은 소파의 거죽 같다

가루 가루 흰 가루

아이가 자고 난 자리에 생의 흔적 남는다

잠자다 자기도 모르는 사이에 긁는

팔과 다리, 목과 얼굴에서 떨어져 나온

죽은 세포들…… 고엽제를 맞은 것 같은

— 〈짐승은 자고 난 흔적을 남긴다〉 부분

〈짐승은 자고 난 흔적을 남긴다〉는 아토피성 피부염에 시달리는 아들의 고통을 그리고 있다. 질병은 삶 속으로 파고드는 죽음의 파문이고 행진이다. 아토피는 아이의 싱그러운 피부를 "고엽제를 맞은 것 같은" "죽은 세포"로 변질시킨다. 물론 죽은 세포란 아이가 긁어서 생겨난 부스러기이다. 그러나 이때 아이의 피부를 긁게 한 것은 아토피성 피부염이다. 아토피성 피부염이 아이에게 스스로를 자해하도록 만들고 있는 것이다. 질병은 이와 같이 인간의 의지와 행동까지도 완전히 장악하고 관리한다. 질병은 이와 같이 항상 잔혹한 상해傷害의 공격성으로 출몰한다.

그러나 삶을 파탄시키는 죽음의 기세는 이러한 질병보다 오히려 인간의 지배욕과 탐욕에 의해 더욱 강렬하게 드러난다.

자살테러 폭탄이 폭발한 순간
굉음 속에서 울음 터뜨리며
막 태어난 아기가 있었을까
팔레스타인의 산모여 오래 참았기에
목숨 하나 탄생시킬 수 있구나

지뢰를 밟은 순간
폭음 속에서 비명 지르며
막 쓰러진 청춘이 있었을까
체첸의 젊은이여 오래 기다렸기에
목숨 그렇게 내버릴 수가 있구나.

—〈목숨들〉부분

묶여 있는 것은 분명 아니다
억세게 누르는 힘으로부터 벗어나려고
사지를 허우적대며 버둥거려도
몸은 여전히 꽉 붙잡혀 있는 것이었다

팔을 봐 배를 봐 그대 피부는

푸르뎅뎅한가 불그죽죽한가

무거운 시간에 짓눌려 있다가 벌떡

벌떡 일어나서 목을 만져보면

아직 붙어 있는가…… 인질이여.

―〈가위눌림에 대한 기억〉 부분

위의 시편들은 지금도 진행되고 있는 전쟁과 테러에 대한 소묘이다. 우주보다 더 크고 소중한 목숨들이 한순간에 사라져버리는 폭력이 수시로 자행되고 있다. "자살테러/지뢰" 등에 의한 살육은 야만이 문명을 압도하는 순간에 해당된다. 그러나 이러한 야만의 힘은 단순히 피해자에게만 작용하는 것은 아니다. 이를 보고 들은 세계의 모든 사람들에게 이미 자신의 염력을 뿜어내고 있는 것이다. 그래서 시적 화자는 "가위눌림"에 시달린다. "벌떡 일어나서 목을 만져보면"서 안도의 한숨을 쉬기도 한다. 전쟁의 피비린내 속에서 더욱 비대해진 야만의 힘은 이미 전 세계의 모든 사람들의 숨통을 장악해 가고 있는 것인지도 모른다. 자신의 목이 "아직 붙어 있는가"를 스스로에게

묻고 확인하는 기막힌 현상이 현실 속에서 일어나고 있는 것이다. 이와 같이 무서운 죽임의 사건들은 비단 국제적인 역학관계에서만 발생하는 것이 아니다. 우리의 일상 속에서도 야만의 불씨들이 도사리고 있다. "가위로 혀를 자르는,/주먹으로 마구 때리는 정도로는 안 되겠기에/혀를 잡아당겨/문구용 가위로 자르는"(《혀》) 놀라운 일이 초등학생들 사이에서도 일어나고 있는 것이다. 이러한 기사를 본 순간부터 시적화자는 "혀, 혀가 자, 잘/도, 도, 돌아가지 않는" 경험을 하게 된다.

개인의 삶에 문신처럼 새겨진 파행의 역사

그러나 이처럼 가공할 만한 고통과 수난이 오늘날의 이야기만은 아니다. 과거의 역사에서도 고통의 흔적들은 마치 공동묘지의 비석처럼 뚜렷한 형상으로 존재해 왔다.

왜놈들이 몸을 더럽혀
아들딸도 못 낳게 된 내가

무엇에 의지해 살아왔는지를 아느냐

악에 받쳐 살다가 악몽만 꾸다가
아픈 몸 끝내는 병만 남아
광주군 나눔의 집을 거쳐
중계동 노인복지관까지 왔으니
—〈빼앗긴 시간〉 부분

우리에게 20세기는 일제 강점기·전쟁·분단으로
요약되는 비극의 연대기였다. 이러한 파행적인 역사
적 사건이 개인의 삶의 구체 속에 문신처럼 드러난
것이 위와 같은 사연들이다. 일본군 위안부로 끌려
간 할머니의 "잃어버린 시간" 등에서 배어나오는 넋
두리는 모두 파행의 역사가 할퀴고 간 상처의 실체들
이다. 또한 "어머니, 저 선명이에요./어……, 네가 선
명이냐."(《45년은 바다이다》)와 같이 이산가족의 상봉
에서 들리는 절규에 가까운 회한들 역시 분단 역사의
구체적인 표징이다. 일제강점기·전쟁·분단 등으로
점철된 사건들이 모두 추상화된 역사가 아니라 지금

까지 고스란히 살아 있는 안타까운 일상의 고통들이
었던 것이다.

이렇게 보면, 실로 세상은 인간 삶을 마모시키고
학대하는 가해의 현장이다. 그러나 문제는 이와 같은
가해의 폭력성이 시적 화자 자신에게도 내재되어 있
다는 사실이다. 다시 말해, 시적 화자 역시 동물적인
공격성을 삶의 바탕으로 삼고 있는 것이다.

그러나 이러한 형이상학적인 사유는 자칫 고통의
실상을 추상화시킬 가능성이 있다. 이승하의 이번 시
집은 이러한 형이상학적인 사유와 성찰보다는 고통
의 실재에 대한 감각화에 초점을 두고 있다. 그것은
아마도 고통이란 철학적인 대상화를 허용하지 않는
절박한 즉자적 현실이라는 점을 강조하려는 시적 의
도가 반영된 것으로 보인다. 특히 이번 시집에서 일
관되게 견지하고 있는 비유와 수사의 장식을 배제한
산문적인 서술형의 언술은 고통의 구체적인 사실성
을 배가시키는 효과를 가지고 있다. 또한 시적 대상
으로 주로 아들·아버지·외할아버지·할아버지·할

머니 등 가까운 가족과 시단의 시인들 그리고 신문
지상에서 거론된 인물들을 직접 등장시킴으로써 결
과적으로 독자들이 고통의 실상을 일상의 층위에서
체험적으로 환기하고 공유하도록 유도하고 있다.

순백한 고통의 언어에서 사랑과 평화의 언어로

한편, 세상이 이토록 고해의 난바다라는 인식은 궁
극적으로 평화와 안식에 대한 갈망을 배태한다. 현실
의 고통에 대한 강도는 자연스럽게 평화로운 세계에
대한 열망으로 표출되기도 하는 것이다.

저토록 아름다운 풍경을

렌즈에 담았으니

세계여 이 사진만큼만

사랑스럽기를, 평화롭기를.

(중략)

세상의 모든 갈등이 멈춘

아버지가 자식 기저귀 갈아주는 시간

조화옹이 미소 지으며

구경하고 있는 시간의 빛, 빛살,

빛나는 우주의 한 귀퉁이.

— 〈세 번의 만남〉 부분

이번 시집에서 평화를 노래하고 감상하는 몇 편 안
되는 시들 중 하나다. 물론 이 평화의 시적 대상은 주
변 일상의 현실세계가 아니라 "렌즈에 담긴" 사진 속
의 풍경이다. 그러나 시적 화자는 "세계여 이 사진만
큼" "사랑스럽기를, 평화롭기를" 하고 염원한다. 사
랑과 평화에 대한 강한 열망에는 현실에 대한 고통의
인식이 전제되어 있는 것이다. 다시 말해, 이번 시집
이 보여주는 "내 필생의 화두는/'고통의 뜻을 알자는
것'"(〈지렁이 괴롭히기〉)이란 전제에 대한 실천 과정은
궁극적으로 미래 사회의 사랑과 평화에 대한 갈망을
증대시키는 동력으로도 의미를 지닌다는 것이다. 그
리하여 이승하의 순백한 고통의 언어는 앞으로 순백
한 사랑과 평화의 언어로 전이될 수도 있으리라는 기
대를 넌지시 해보게 된다.

아픔이 너를 꽃피웠다

1판 1쇄 인쇄 | 2018년 7월 12일
1판 1쇄 발행 | 2018년 7월 18일

지은이 | 이승하
펴낸이 | 임지현
펴낸곳 | (주)문학사상
주소 | 서울특별시 송파구 중대로 38길 17(05720)
등록 | 1973년 3월 21일 제1-137호

전화 | 02)3401-8540
팩스 | 02)3401-8741
홈페이지 | www.munsa.co.kr
이메일 | munsa@munsa.co.kr

ISBN 978-89-7012-990-7 03810

이 도서의 국립중앙도서관 출판예정도서목록(CIP)은 서지정보유
통지원시스템 홈페이지(http://seoji.nl.go.kr)와 국가자료공동목록
시스템(http://www.nl.go.kr/kolisnet)에서 이용하실 수 있습니다.
(CIP제어번호 : CIP2018020648)